POESÍA PARA LLEGAR AL CORAZÓN

Palabras Que Riman Con El Amor

Jesús Lomas Contreras

Jesús Lomas Contreras. Nacido en 1944 en las Trojes,, Municipio de Jocotepec, Jalisco México. Desde muy pequeño sintió el gusto por la poesía, ya que muchas veces tuvo la oportunidad de estar cerca de la orilla del lago de Chapala, en donde en aquel tiempo, conservaba unos hermosos paisajes naturales y la luna en la noche se miraba majestuosa. Esto propició en él, una gran inspiración.

Sus primeros estudios los realizó en la ciudad de Guadalajara, Jalisco, para después trasladarse a la Ciudad de México ya como profesor de Educación Primaria en escuelas públicas, y después de concluir los estudios en la Escuela Normal, estudió la Licenciatura en Educación Primaria, participó en actividades políticas, sindicales y culturales de la Sección 36 del Sindicato Nacional de Trabajadores de la Educación, llegando a ser Director de escuela y después Supervisor de Zona Escolar.Estuvo ejerciendo en el magisterio durante 51 años.

Agradecimientos

A la memoria de mis padres.

A mi familia, a mi esposa, a mis hijas y amigos.

A mi pueblo querido, Las Trojes, Jocotepec, Jalisco, México.

CAPÍTULO I POESÍAS.. 13
Descansa en paz.. 13
Ya te dije adiós.. 15
Si estuvieras aquí.. 17
Morena..19
Un día te dije..21
Ilusión.. 23
Amor impetuoso..25
Regalame un paseo contigo..27
Quiero acariciar tu cuerpo.. 28
Bar el Tenampa..31
Una cita..33
Me gusta..34
Luna de miel.. 37
Calla..39
Chiquita..40
Río crecido..42
Analogía de una mascota..43
Escribe escribano.. 45
La montaña..47
Que tonto fuí..49
Solo te pido..51
Tus ojos verdes..52
Mis versos..54
Esos ojos.. 55
A unos ojos..56
Tu y yo juntos..58
No te dije adiós.. 59

Tomando té..61
Ya no seré tu robot..63
Bertha..65
CAPÍTULO II ACRÓSTICOS.......................................67
Teresita...67
Martha..68
Isabel...69
Verónica..70
Griselda...71
Delia..72
Yasbhet...73
Silvia Danaé...74
Raquel..75
Oda a un maestro extraordinario...............................76
Carelia..78
Laurita..79
Juan Oriostegui Eloisa...80
Sirenia..82
Candelaria..83
Danaé...84
Bricia...85
Patricia...86
María...87
Silvia...89
Cristina...90
Mónica..91
Anabel..92
Alicia...93

Lucía..94

CAPÍTULO I POESÍAS

Descansa en paz

Un viernes te quedaste dormida
para nunca despertar de ese sueño
te fuiste bajo el azul del mar
sirena hermosa en un viaje sin regreso.

Te imagino en el cielo tocando las estrellas
y acariciando la luna con tus manos.

Te recuerdo en la rosa blanca del poeta Martí
en los colores lila, violeta y morado,
de las muñecas que te hacían reír;
en el eco de la música de los Beatles,
en las tiras de la subversiva Mafalda
que tanto leías y te tanto te gustaba.

Me hiciste prometer que no me vieran
llorar para evitar las críticas de la gente
y así, para cumplír tan difícil promesa
solo, con el alma rota oculté mi tristeza.

Miro tu fotografía clara diáfana esplendente,
los sentimientos se agolpan en mi garganta

y te vas desvaneciendo lentamente
al correr lágrimas sobre mis mejillas.

Es muy difícil olvidarte por los momentos
tan especiales que compartimos juntos
y sin resignarme a perderte, porque te amo
te digo Chiquita, "descansa en paz".

Ya te dije adiós

Ya te dije adiós, ¿ahora cómo te olvido?
si el recuerdo de tu amor
adonde quiera va conmigo,
y no he podido olvidar el lugar
donde un día nos conocimos.

Y aunque lloro y sufro tanto
y siento el corazón herido
quiero que vuelvas conmigo,
durante el día te extraño
de noche sueño contigo.

Ya te dije adiós, ¿ahora cómo te olvido?
tal vez no lo pensé bien
porque estaba adolorido,
al escuchar el rumor
donde yo era el ofendido.

Pero ya me arrepentí
me falta el calor de tu cuerpo
el invierno está muy frío,
porque me haces mucha falta
quiero que vuelvas conmigo.

Te quiero

Si porque te quiero quieres
que te quiera cómo quieres.

yo te quiero porque quiero
sin que pidas que te quiera
te quiero como yo quiero
porque me nace quererte.

Acepta que yo te quiera
así como yo te quiero
porque de verdad te quiero
porque yo así sé quererte.

Así como yo te quiero
y tanto como te quiero
comprende cuánto te quiero
que así nadie va a quererte.

Yo te quiero ...
¿Y tú me quieres?

Si estuvieras aquí

Si estuvieras aquí
abrazada de mí
como el calor a la hoguera,
yo te haría sentir
la fuerza de mi amor
con toda mi pasión
caricias verdadera.

Si estuvieras aquí
y entrarás en mí
como el aire que respiró,
sabrías que fluye en mí
un torrente de ilusión
un tsunami de dolor,
cuando no estás conmigo.

Tu amor en la distancia
se volvió un espejismo
y un oasis de celos
sólo veo en mi camino
porque sufro y te extraño
hoy que no estas conmigo

Si estuvieras aquí
muy juntita a mí
como si fueras mi sombra
yo te haría muy felíz
y el poema de amor
que escribiremos los dos
quedaría en la historia.

Morena

Morena como mi madre,
como el color de mi tierra,
cuando se nubla la tarde
sombrita de la Alameda.

Tu cuerpo es como el ébano
de linda y fina madera,
tus senos me saben a nuez
y tus labios a canela.

Tu cuerpo todo me sabe
con aroma de café,
es ilusión por la noche
y amor al amanecer.

A tus rasgos y color de piel
le llaman raza de bronce
y tus bellos ojos negros
son mi nostalgia, mi goce.

Eres arena mojada
que el mar baña y acaricia
cuando la marea y la brisa

en mi playa se desmayan.

Como una espiga dorada
que se mece bajo el sol,
así se mueven mis ansias
por tener pronto tu amor.

Bendito sea tu amor
con el que mi pena alivias,
porque eres morena linda
como la virgen María,
porque eres morena linda
pero además, eres mía

Un día te dije

Un dia te dije que era capaz
de cruzar el Río Nilo nadando
aunque aprendiera a nadar.
lo haría por vivir contigo.

Que todo lo que pidieras
te lo daría por amor
y que este mundo sería
nada más para los dos.

Que yo viviría contigo
con amor y santa paz
y el amor que yo te ofrezco
duraría una eternidad.

Recuerdo que también te dije
"no importa si toqué otra piel"
que te quería tonto, tanto
que siempre te sería fiel.

No me debes acusar
si bien lo dice el refrán
"Si un amor no fue en tu año

tampoco es en tu daño.

Aquel amor de primavera
de un año ya no pasó
porque al llegar el invierno
ese amor se congeló.

Pero tú sólo dijiste
" Que no era palabra de rey,
que si lo dice la sota
es mentira de mujer".

Para qué tantas promesas
tu bla, bla, me da mareo
eres como otras mujeres
por eso yo no te creo.

Es verdad quise a otro hombre
no me juzgues porque si...
yo supiera que existías.
te habría amado sólo a tí.

Ilusión

Un día te quise mucho
y aún te sigo queriendo
aunque tú no comprendiste
que por ti vivía sufriendo.

Tu ignoraste que existe
sobre el inmenso mundo
este amor tan profundo
que entibió mi invierno triste.

No es posible imaginar
que tu me hayas olvidado
porque mi amor es tan grande
que siempre llevarás grabado.

Canto este son por las noches
las estrellas me acompañan
y les pido que iluminen
tu sonrisa, tus ojos, tu cara.

La ilusión de estar contigo
se me clava como lanza
que me hiere, que me sangra
porque tú no estás conmigo.

Amor impetuoso

Te conocí al terminar la primavera
y te amé pensando que eras bueno
cansada de vivir por años sola
pensé que serías un buen compañero.

Orgullosa de encontrar un caballero
oí tus palabras dulces como miel
me despertaron de mi hermoso sueño.
tus insultos amargos como la hiel.

Tu amor es tan impetuoso que me mata
con tus celos enfermizos me das miedo
como potro desbocado me arrebatas
poco a poco el cariño que te tengo.

Con el abrazo del oso tu me asfixias
con la copa del brindis me envenenas
finges amor y me lastiman tus caricias,
y me pides que crea tus promesas.

Me insultas con palabras incoherentes
te aprovechas porque sabes que te quiero
y me das tu cariño por venganza

en verdad lo que sientes es desprecio.
Yo te amo y necesito que me ames
pero se que jamás fuiste sincero
yo deseo que me cuides y protejas
tú sólo vives para ser mi carcelero.

Se te olvida que amo, siento y pienso
que con odio te declaras mi enemigo
te abandono y ante la ley te acusó
y que Dios también te mande tu castigo.

Regalame un paseo contigo

Regalame un paseo contigo
para decirte cuánto te amo
quiero vivir siempre a tu lado
hasta sentir el último latido.

Regalame un paseo contigo
caminemos juntos y sin prisa
grabaré lentamente en mi mente
tu voz, tu mirada, tu sonrisa.

Regálame un paseo contigo
de la mano sin mirar a otra mujer
hazme saber que aún me amas
con la fuerza del amor de ayer.

Regálame un paseo contigo
como muestra de tu amor eterno
soñaré una linda primavera
evitando vivir un crudo invierno.
Regalame un paseo contigo
no distraigas un instante tu mirada
mírame y bésame sólo a mi
quiero sentirme bien amada.

Quiero acariciar tu cuerpo

Quiero acariciar tu cuerpo
de la cabeza a los pies
pero no sería con mis manos
para no rozar tu suave piel.

Quiero acariciar tu cuerpo
cuando te tenga en mis brazos
te haré caricias muy sua
Quiero acariciar tu cuerpo
sentir de tu piel suave te
y quedar bien impregnado
de tu afecto, tu aroma, tu ternura.

Quiero acariciar tu cuerpo
muy cerquita con mi aliento
de mañana tarde y noche
sin importar que pase el tiempo.
Quiero acariciar tu cuerpo
tocarte suavemente con mis dedos,
quiero acariciarte toda lentamente
y embriagarme con el néctar tus besos

No me digas

No me digas que me amas
con guiños de tu mirada
porque si alguien te ve
lo notaría en tu cara.

No me escribas lo que sientes
con amorosas palabras
porque alguien sin darme cuenta
podría leerlo en tu carta.

No me digas que me quieres
con suspiros en el aire
porque quién vive conmigo
intentaría acusarme.

Si me quieres como dices
por favor no digas nada
cuando callas, tu silencio
dice más que mil palabras.

No me digas que me amas
lo siento en tus labios si me besas
en tus brazos si me abrazas
si me miras lo veo en tu mirada.

Yo sé bien cuánto me quieres
mi amor se refleja en tí
cuando guiñes o suspiras
Sé que estás pensando en mí.

Bar el Tenampa

Fue en un lugar alegre
donde nos conocimos
cantamos y reímos
y te hablé de mi amor.

Tú me besaste luego
y en mi pecho sentí el fuego
ardía la llama
de una nueva ilusión.

Se inflamaron mis venas
se estremeció mi cuerpo
y palpitó de nuevo
mi triste corazón,
que yo creía muerto
por las penas amargas,
de una decepción.

Como en un cuento de hadas
llegó la hora marcada
cuando dieron las doce
de pronto te perdí.

Con tristeza en el alma
y el corazón partido
aún tengo la esperanza
que regreses a mí.

Te espero noche a noche
hasta la madrugada
en el bar el tenampa
donde te conocí ;
rinconcito bohemio
lugar que tanto quiero
es el lugar que me recuerda
que me recuerda a ti.

Una cita

Me hablaron de tí y me interesé
logramos una cita para conocernos,
llegamos puntuales a un café
y al mirar tus ojos verdes me ilusioné.

Tu figura esbelta con perfume a Violeta
dejó su esencia en el cálido aire,
con tu sonrisa diste color a mi vida
y cupido me flechó al instante.

Al contemplar tus labios rojos
disipaste mis penas, mis enojos
ya no pude resistirme y presuroso
me presenté como tu gran admirador.

Te diré Muñequita, porque me gustas
te besé en la mejilla y me volví tu esclavo
pero estoy feliz, porque viviré para tí
y estoy seguro que no te olvidarás de mí.

Me gusta

Me gusta contemplar el cielo estrellado,
pero me gusta más que estés a mi lado.
Me gusta admirar las olas del mar,
pero me gusta más tu dulce mirar.

Me gusta escuchar el murmullo de la cascada,
pero me gusta más escuchar tu voz clara.
Me gusta oir el canto del cenzontle,
pero me gusta más que luzcas tu escote.

Me gusta andar por largos caminos
pero me gusta más que vayas conmigo.
Me gusta disfrutar el sabor de la miel,
pero me gusta más lo suave de tu piel.

Me gusta acariciar el plumaje de una ave,
pero me gusta más acariciar tu talle.
Me gusta el mariachi y tomar un tequila,
pero me gusta más besarte chiquilla.

Me gusta tu pelo, tus ojos,tu boca,
para ser sincero tú me gustas toda.

Las Trojes

Nací en un pueblo bonito
del Estado de Jalisco
muy cerquita de Chapala
lago de mirar tranquilo.

Sus majestuosas montañas
vestidas de verdes robles,
y un cielo lleno de estrellas
así es mi pueblo Las Trojes.

Por el valle serpentea
el río de Los Sabinos
a donde van de paseo
lás familia los domingos.

Casas de techo a dos aguas
que cuando llega la noche
[8]resguardan sus ilusiones
con las ventanas cerradas.

Calles muy bien empedradas
trazan su línea inclinada,
y al caer la lluvia se forman
corrientes de fe y espera.

En la fiesta de mi pueblo
hay carreras de caballos
apuestas para los gallos
y la banda toca en la plaza.

Con mi camisa de cuadros,
botas, pantalón vaquero
y mi cinturón de pita
monté toros en el ruedo.

Tomé ponche de granada,
a veces un rico tequila
con las notas del mariachi
y una exquisita birria.

De Barreras a Potrerillos,
del Comparán al Rincón,
Trojes guarda mis recuerdos
y parte de mi corazón.

Luna de miel

Una pareja de luna de miel
en Paracho fue su lindo vergel
sin olvidar a Morelia pasaron
por Janitzio, Chapala y Jocotepec
porque a Trojes llegaron después.

Por las mañanas tomaron pajarete
el día del santo una rica comida
el dueño del rancho, les dijo ya cuete
en diciembre les hago más birria.

En la Ciudad de León Guanajuato
escucharon una estudiantina
en el callejón del beso estuvieron un rato
y despacito subieron a ver al Pípila.

Con cariño se dieron un beso
poco antes de emprender el regreso,
el final resultó muy diferente
porque un tráiler les causó un accidente.

Regresaron a aquí a su pueblo natal
con el susto, sin gran novedad
sanos y salvos se encuentran
los dos le dieron las gracias a Dios.

Calla

Calla por favor te lo suplico
se nota claro tu cinismo
ya se rayó tu canción.

Dices que por mí te mueres
luego que ya no me quieres
yo no se ni que pensar .

Tus palabras cada día
son como sal en mi herida
me lástima y duele más.

Hablas cuando te conviene
ya no se si vas o vienes
sólo pides y nada das.

No me haces una caricia,
ni un abrazo o una sonrisa
y me ocultas la verdad.
Te paseas con tus amigos
pero hoy sí tengo testigos,
No me puedes engañar.

Chiquita

Por tu acento que me encanta
y tu mirar como de santa
ha nacido mi obsesión.

Te has metido aquí en mi pecho
como puñal que vas hiriendo
a mi pobre corazón.

Chiquita
Vivir lejos de ti es un tormento
sin tu risas, tus caricias ni tus besos
yo siento que vivir no puedo más.

si dices que me quieres te daría
con la luna las estrellas mi poesía
y hasta mi vida si pides te la doy.

Chiquita
Te juro que mi amor por tí es sincero
tan real como mirar el mar y el cielo
y transparente como la luz del sol.

Baja la voz

Baja la voz habla quedito
acércate y dime al oído
qué todavía me quieres
porque yo sí te necesito.

Anhelo escuchar tu voz
como el aletear del ave
como tintinea la lluvia
cuando cae sobre el follaje.

Ahora que estás conmigo
sabrás que me dolió tu ausencia
deseo estar siempre contigo
no puedo vivir sin tu presencia.

Por favor baja poco la voz
y para sentir tu aliento
acércate más, un poco más
escucha el sonido de mi beso.

Río crecido

Era un río transparente tranquilo muy buen amigo
tarde a tarde lo cruzaba de una a otra orilla
saltando de piedra en piedra qué mi tía Eloísa ponía
para ver a Josefina que era el amor de mi vida.

Un día me metí las manos en el costado del río
sentí que su agua vibraba, tal vez temblaba de frío.
caminaba lentamente como un viejo jorobado
por una curva que allí a poca distancia hacia.

Una tarde de verano llovió tan intensamente
aumentando su caudal que aceleró la corriente
yo lo escuchaba bramar como toro embravecido.
era el mismo lugar pero diferente río,

Bien lo dijo el filósofo Heráclito,
"Nadie se baña dos veces en el mismo río"

En su corriente arrastraba piedras árboles y casas
ya para oscurecer se cubrió de neblina
si yo intentaba cruzar de seguro moriría
mejor me puse a pensar: Dios mío,
Dios mío cuida a mi Josefina.

Analogía de una mascota

Tiene el color del mamey
parecido a una papaya
como buñuelo de fiesta
o cajeta de Celaya.

duerme de día y de noche
hecha bolita en su cama
como un oso perezoso
abrazado de una rama.

Es del color de Hachiko
muy diferente de Laika
menos famoso que Snoopy
o Popis creado en la misma casa.

Su nombre es de una semilla
pero no de calabaza
tampoco de girasol
ni siquiera de mostaza.

Les digo se llamaba Almendrita
parrita de buena raza
es como una lucecita
iluminando la casa.

Gracias a Dios Almendrita
llegó en el mejor momento
su dueña está ilusionada
y el patrón super contento.

Escribe escribano

Escribe escribano
escribe un mensaje
escríbelo a mano;

Y lánzalo al aire
que vuele al calor
del viento solano.

Dile que lo quiero
que regrese pronto
que a diario la extraño.

Que le deseo un día
de mañana rojeada
y noche estrellada.

Pasó la primavera,
el verano, el otoño...
y ya terminó el año.

Y yo sigo esperando
con el sentimiento
de un amor callado.

Y dile escribano
que traiga el amor
que tanto he deseado

Que ha sido mi sueño
tomarlo del brazo,
volver a besarlo
y vivir a su lado.

La montaña

Voy a subir la montaña
paso a paso lentamente
si resbalo un paso atrás
me impulsaré nuevamente.

No cejaré en mi intento
sin voltear la vista atrás
seguiré siempre adelante
hasta la cima alcanzar

La montaña tiene abrojos
y dolorosas espinas
de recompensa aire puro
con olor a pino y encina.

No es fácil llegar hasta arriba
hay precipicios y neblina,
aún así lograré el sueño
que acaricio con mi vida.

Con mucho dolor y esfuerzo
llegaré a la ansiada cima
y unas águilas volando
me darán la bienvenida.

Que tonto fuí

Si el tiempo regresara
al primer rayo de sol
veloz iría a buscarte
valioso tesoro de amor.

¿Dónde estás linda mujer?
de boquita carmesí
cabellos rizos de oro
ojos pedazos de cielo

Te tuve cerca de mí
y no te abracé
estuviste junto a mí
y no te besé
que tonto fuí.

Estoy muy arrepentido
¿Tal vez me perdonarás?
no me importa rogarte
dame otra oportunidad.

Iré a buscarte
gritaré tu nombre
no me importa que digan
vimos llorar a un hombre.

Sólo te pido

Ahora que estás lejos de mí
te recuerdo y sufro mucho
sé que sin tí no podré vivir
por eso pido que regreses aquí.

Yo te quiero cerca de mi
sentirte, abrazarte, besarte
para que nunca te vayas
entregarte todo sólo a tí

No importa que digan que lloro tu ausencia
que tengo en el pecho clavado un puñal
yo sólo te pido que tengas clemencia
que regreses conmigo y alivies mi mal.

Tus ojos verdes

Cuando estás conmigo
y veo tus ojos verdes
confundes mi ser;
y veo en tus pupilas
el grato momento
de un atardecer.

Yo siento en el alma
que pierdo la calma
cuando tú me ves;
siento la caricia
de la suave brisa
del Lago Yunuén.

Tus ojos reflejan
el verde que tiene
en la sierra del pinar,
los lagos azules,
los llanos dorados,
y el azul turquesa
que tiene el mar.

Quisiera de hinojos
mirando tus ojos
ponerme a soñar
y en mi dulce sueño
sentirme tu dueño
y volverte a besar.

Son tus ojos verdes
hojas de laureles
que acaricia el sol
tu cuerpo y tu cara
claros como el agua
espejo de Dios

Mis versos

Mis versos son de colores
tomados del arco iris
de verde pintan los campos
y de azul pintan los mares.

Son hermosas mariposas
de noche son como estrellas
o pétalos que lleva el viento
esparciendo sus aromas.

Son palabras y son frases
estrofas de una canción,
ecos de mi pensamiento
gotitas de inspiración.

Mis versos se llevan presos
mi alegría, llanto y dolor,
por favor que no se lleven
el recuerdo de tu amor.

Esos ojos

Esos ojos que al mirarme
me dicen cuánto me quieres,
cuando me ven con enojo
son puñales que me hieren.

Cuando están cerca de mí
los besos y los acaricio
y al estar lejos de mí
son tormento, mi suplicio.

Por esos ojos que quiero
por esos ojos que adoro
por una de sus miradas
doy mi vida, lo doy todo.

Cuando lloras o me mientes
tu mirada te delata,
esa luz que hay en tus ojos
son mi fe, son mi esperanza

A unos ojos

Tus ojos no son estrellas
ni son Venus ni la Guía
porque entonces estarían
muy altos y en lejanía

Los vería por las noche
y en el día los perdería
y yo deseo admirarlos
cada instante de mi vida.

Jamás serán como Dios
o como la Virgen María
por lo que me significan
los nombraría enseguida.

Ni un número más abajo
con temor a equivocación
ni una línea más arriba
en su justa dimensión .

yo afirmaré que son
el Do, Re de mi canción

dos sílabas en mi verso
dos puntos en mi oración.

Si me dan luz y calor
más que el sol de mediodía
para mí es suficiente
gozar de su compañía.

Tu y yo juntos

Tu hijo juntos iremos por la vida
aquí en la tierra disfrutaremos el Eden
nos besaremos como el mar besa a la playa
unidos como a la barca se une al timonel.

Los dos caminaremos por la playa
te besaré y trataré como a una reina
y dejando volar nuestros deseos
haremos el amor sobre la arena.

Pasearemos por los parque y las calles
de mi brazo te llevaré por la ciudad
contemplaremos de noche las estrellas
y con la luna nos pondremos a soñar.

Muy juntitos esperaremos el futuro
recordando nuestras cosas del ayer
abrazados y tomados de la mano
seguiremos juntos hasta envejecer.

No te dije adiós

Perdóname por no decirte adiós
la noche que te fuiste
tal vez fue por orgullo
o fue cobardía tal vez.

Hoy me siento culpable
y será toda mi vida
por no susurrarte al oído
lo mucho que te quería.

Que yo era muy feliz
cuando vivía contigo;
te llevaré en mi mente
sólo tú irás conmigo
te recordaré hoy y siempre
fuiste mi mayor delirio.

No, no te dije adios
no estuve ayer a tu lado
para besarte y después
y darte el último abrazo.

Tengo miedo del silencio
tengo miedo del silencio
que trae la noche oscura
es soledad que me mata
es nostalgia y es locura

Extrañaré tu voz, tus besos
en los difíciles momentos,
yo no sé que va a pasar
conmigo ya no estarás,
tu me hiciste ayer reír
y hoy por ti voy a llorar.

No te olvidaré nunca
así se me esfume el alma
me inunde en la nostalgias
no perderé la esperanza.

Tomando té

Deseo siempre tomar té
al terminar la comida,
en el desayuno o la cena
a todas horas del día.

Eres mi té en la mañana
platillo fuerte en el día
postre, merienda y después
mi bebida preferida.

Porque tienes el sabor
y el aroma a hierbabuena
a tibia y rica infusión
con recuerdos de mi tierra.

Tu boca roja me sabe
cómo a ponche de granada
otras me saben tus besos
a dulce ate de guayaba.

Eres comida y bebida
de amor mi único alimento
eres elixir de vida
y más tomar té deseo.

Ya no seré tu robot

Sé que dependo de tí
me tienes bajo control
para hacer lo que tú quieras;
sólo aprietas un botón
como si fuera un robot
y hago lo que me ordenas.

Siempre me entregado a tí
nada guardo para mí
y eres injusta conmigo
pero ya lo decidí
ya nada quiero de tí
ni siquiera ser tu amigo.

Porque esto ya se acabó
y aunque lo quieras o no
a mí ya no me interesa;
este amor se terminó
buscare mi libertad
para hacer lo que yo quiera.

Ya no seré tu robot
y muy pronto lo verás
vas a perder el control
con que me causas dolor
sola te vas a quedar.

Ya no seré tu robot
vas a perder la señal
ya no serás mi condena
por que no vales la pena
de ti me voy a olvidar.

Bertha

Mujer de convicciones
Siempre marca límites de respeto,
se admira su tesón para desarrollar
las actividades que se presentan
en su vida.

Además de la docencia, la política,
la participación social
y la atención y amor a su familia.

Respeto sus ideas y su religión,
es inteligente y creativa
por ser persona altruista
es bien reconocida.

Lucha a brazo partido
para cumplir su rol de mujer
y destacar en la sociedad.

CAPÍTULO II ACRÓSTICOS

Teresita

Tú eres la mujer que yo soñé

Eres ideal mujer sagrada

Realidad en sueño transformada

Eres el ángel por quien a Dios recé;

Sólo tú vas por mi camino

Inundas mi sendero de esperanza

Tú y yo formaremos el divino

Amor que en la felicidad se alcanza .

Martha

Mar profundo de un inmenso

Azul que se une al cielo

Risa tus aguas del viento

Tan sutil que con su aliento

Húmedo de amor y anhelo

Aromas lleva a mi puerto.

Isabel

Isabel eres reina linda

Sin corona real ni trono

Aquí tienes en mi pecho

Bien construido un castillo

En mi corazón un tesoro

La luna te doy por reino.

Verónica

Vive Dios en tu bondadoso corazón

Escuchas y cumples siempre sus preceptos

Rezando sincera y con mucha devoción

Oraciones de poder al padre eterno;

Nace en tí la bondad, la fe en la victoria

Impresión que queda grabada en tu mente

Como perdonas y amas fervorosamente

Aquí en la tierra ya ganaste la gloria.

Griselda

Gracias te doy ¡oh mi Dios!,

Rezándote una oración,

Inmenso amor te profeso,

Siempre en tí pondré mi fe;

Entre tus manos mi vida,

Lo siento si te he ofendido,

Dame señor tu perdón,

Ámame y bendícime amén.

Delia

Dime qué sufres un invierno triste, que

El corazón te congeló en un instante

La pena que reflejan tus ojos al mirarme

Imposible sería aliviarla sin amarte,

Ámame y sentirás el fuego de mis labios al besarte.

Yasbhet

Yavé te guíe y siempre te proteja

Adonde quiera que tú vayas

Sobre el mar o hacia la luna

Bendiciones te de y te guarde;

Humilde, inteligente, emprendedora,

Ensalzo tu actitud con sed de gloria

Ten fe en tí y alcanzarás la victoria.

Silvia Danaé

Siempre fuiste sirena y princesa

Inigualable, y especial persona

Les otorgabas a todos amistad y

Valoraban tu amable presencia;

Irradiabas cariño y bondad

A todos los que te rodeaban.

Diste mucho de tu ser

A todos trataste igual

No soportabas ver sufrir

A nadie de tus conocidos

Estabas ahí para apoyarlos.

Raquel

Razón de quererte tantos

Años, lustros, más tal vez

Qué puedo decir que eres

Una estrella, el sol, el cielo,

El Dios que me da consuelo,

Lo más divino Raquel.

Oda a un maestro extraordinario

Mi maestro es ejemplo de perseverancia,

Ilustre cómo el educador López Cotilla,

Guerrero luchando contra la ignorancia

Un verdadero apóstol de la educación

El sólo se arma con el libro y la palabra.

Leal como el Cid Campeador con su Tizana.

Zafiro en la corona de la educación

El es el gran líder que motivó a mi pueblo

Para que avanzara seguro al progreso

En el ví mucha capacidad y compromiso

De triunfar en esa muy loable profesión

Avanzó entre problemas y siempre venció.

Gracias maestro y franco amigo por tener

Ilusión de ver a sus alumnos exitosos

Los laureles y olivos son para usted

Carelia

Con cariño pronunciaré tu nombre, soy sincero

Al vivir durante los decenios que me quedan, con

Rosas y atenciones te mostraré cuánto te quiero;

Eres mi ilusión, la razón de mis pensamientos;

Luce con orgullo y emoción mi amor de padre

Imposible olvidarte si vives en mis sueños

Así cuenta conmigo en los difíciles momentos.

Laurita

Liras y arpas entonen mi canto

A la princesa que yo quiero tanto

Una vez más con rítmico acento

Rimaré poemas que ensalzan su honor

Intentando darle más felicidad

Tañen campanas para festejar

A quien hoy y siempre le entrego mi amor

Juan Oriostegui Eloisa

Juan se llamaba un amigo guerrerense

Un maestro, compañero, como hermano

Ayer disfrutamos risas y su presencia

Nunca será igual..hoy lloramos por su ausencia.

Un sindicalista con sus compañeros solidario

Recordamos sus elocuentes palabras y los

Inigualables momentos compartidos,

Oprimido nos dejaste el corazón al

Saber que ya no estarás más con nosotros

Tu carácter afable te ganó muchos amigos, ya no

Escucharemos el eco de tu voz en los salones

Gozamos de tus bromas con doble sentido,

Unidos con responsabilidad trabajamos en

Indicaciones, seguimiento y planeaciones.

Era águila de encumbrados vuelos, de pronto...

Los séfiros se tornaron turbulentos,

Oh! Dios que triste rumor hay en el viento,

Iguala Guerrero rompió en largos lamentos,

Saber que cantará Modesta Ayala en el cielo

Aaplaudirle nos sirve de gran consuelo.

Sirenia

Sirena de hermoso cuento

Ilusión, leyenda o sueño

¿**R**eal o ficción, un invento?

Eres tú como la gloria,

Nadie niega su existencia,

Imagen en mi pensamiento

Aunque dude que sea cierto

Candelaria

Con gran dolor y nostalgia ahora escribo

Al saber que sin decir adiós te has ido y

Nunca volverás a estar aquí conmigo;

Dios así lo dispuso fue su precepto

El sabe porque lo hizo y yo lo acepto;

La soledad y tu recuerdo son mi compañía

Amarte fue lo mejor que me ha pasado

Rezaré el Rosario Santo cada día;

Imaginando que tú estás siempre a mi lado

Ante Dios y por ti cantaré el Ave María.

Ave María....

Danaé

Dios quiera que a tí te recompense

Al recibirte en su santa gloria

No puedo dudar que tú lo mereces

Aquí cumpliste con tu encomienda

Eres un ser de luz, una sirena, mi princesa.

A tu recuerdo.
Que mis palabras lleguen hasta el cielo
como una oración. RIP,
Ecatepec, Méx.a 23 de febrero de 2018

Bricia

Bendiciones recibe del señor tu Dios,

Reine la paz y el amor en tu corazón,

Intentaste alcanzar tu sueño, fue reto y

Cambió tu vida al tomar esa profesión

Imitando a Jesús como maestro

Amando a la niñez ganaste el premio.

Patricia

(Mis grandes amores)

Pido tranquilidad al señor mi Dios

Amo a mis padres, esposo e hijos

Todos para mí son muy importantes

Rezaré una santa oración por ellos;

Indudablemente siempre los querré

Con esta gran obsesión he vivido

Incansable y sincera así seré

Amar demasiado ese es mi estilo

María

Mírame con el cariño que sentías cuando eras una chiquilla,

Ayer se ha quedado guardado en una hermosa cajita

Reías y con pasitos tambaleantes venías hacia mí, te

Imagino pequeñita como una muñequita al cumplir un año

Ave y que Dios te salvé llena de gracia como la virgen Maria

Se quedó grabado en mi mente el tiempo cuando mi hermana menor, era una niña de apenas 2 o 3 años y lloraba porque extrañaba a nuestro papá Manuel y nuestra mamá María Inés que se quedaron apesadumbrados y preocupados en el Pueblo de Las Trojes, Jalisco, México por que se alejaba de aquel lugar, sabedores que era necesario que acompañara a su hermana Alicia que venía a la ciudad con el firme propósito de atenderme. Se me hacía un nudo en la garganta al verla llorar y llamar a nuestros padres Yo me sentí responsable de que las dos abordaran el tren que salía a las 17 horas del viernes de 1963, la ciudad de Guadalajara jalisco hacia la ciudad de México.

Claudia

(En diálogo con Dios)

Clamé al señor mi Dios,

Lo llamé y pronto vino en mi

Auxilio porque él me ama;

Un día por la mañana me

Dijo,"El universo es tan

Inmenso como es tu fe

Así lo que pidas te daré".

Silvia

Sabes de arte, literatura y ciencia,

Imaginas mundos felices y mágicos

Lees porque es tu vicio, pasión, y vida.

Vives feliz en un inmenso mar de libros,

Intentas recrear nuevas historias

Ambicionando ser tú, la heroína.

Cristina

Con respeto y gran afecto, expresaré mi sentir

Rimando lo más posible estos sencillos versos

Intentaré estructurar ideas en mi pensamiento

Sintiendo la necesidad de plasmar con emoción

Toda la gratitud y aprecio que guardo en el corazón

Imperioso y justo es, hablar de su gran nobleza

No claudicando en mi intento, terminaré diciendo

A Cristi una gran mujer, pintora y mejor maestra.

Mónica

Miras nubarrones y no te arredras

Otro día pones tu mayor esfuerzo

Nadie sabe que en tu ser hay penas,

Incansable y tenaz en la adversidad

Cuando las cosas van un poco mal

Amas, ries y sigues adelante.

Anabel

Amar como usted ha sabido amar

No hay madre que le iguale de verdad

Ama la vida y vela por su hijo

Bien lo reconocen todos sus amigos

Es mujer que no escatima esfuerzos

Lo aplaudo, admiro y la respeto

Alicia

A decir verdad sí, sí te quise

La razón de amarte fue muy clara

Intente hacértela saber

Con un gesto o una mirada

Ignoraste muchas veces mi señal

Aún insistiré, no pierdo nada

Lucía

Loa a una maestra

Loas y vivas para una gran maestra, que

Unió el saber y los principios

Con la pureza del alma y el espíritu,

Impartió clases sumando amor a la vida

Además de restar odios y rencores.

Made in the USA
Columbia, SC
02 December 2023